Un Très Gentil Vagabond

Jean-Claude Castelli

Un
Très Gentil Vagabond

Hachette

Je vais vous raconter
comment je suis devenu
le Très Gentil Vagabond
de cette fabuleuse histoire.

Vous me voyez là avec mes wagons filant dans la campagne. Les vaches et les veaux ont bien du mal à me regarder passer, je suis si rapide !

J'espère que vous me reconnaissez ? Je suis le T.G.V., le Train à Grande Vitesse.

Par une belle nuit d'été,
alors que je fonçais
comme un météore,
une étoile filante
est descendue
me faire un câlin.

Légère, elle m'a
piqué sur le front,
mais c'était trois fois rien...
... un peu comme un baiser d'étoile !

Arrivé au terminus, on m'a quand même emmené voir le docteur. Il a voulu absolument me faire un gros pansement ridicule pour un si petit bobo.

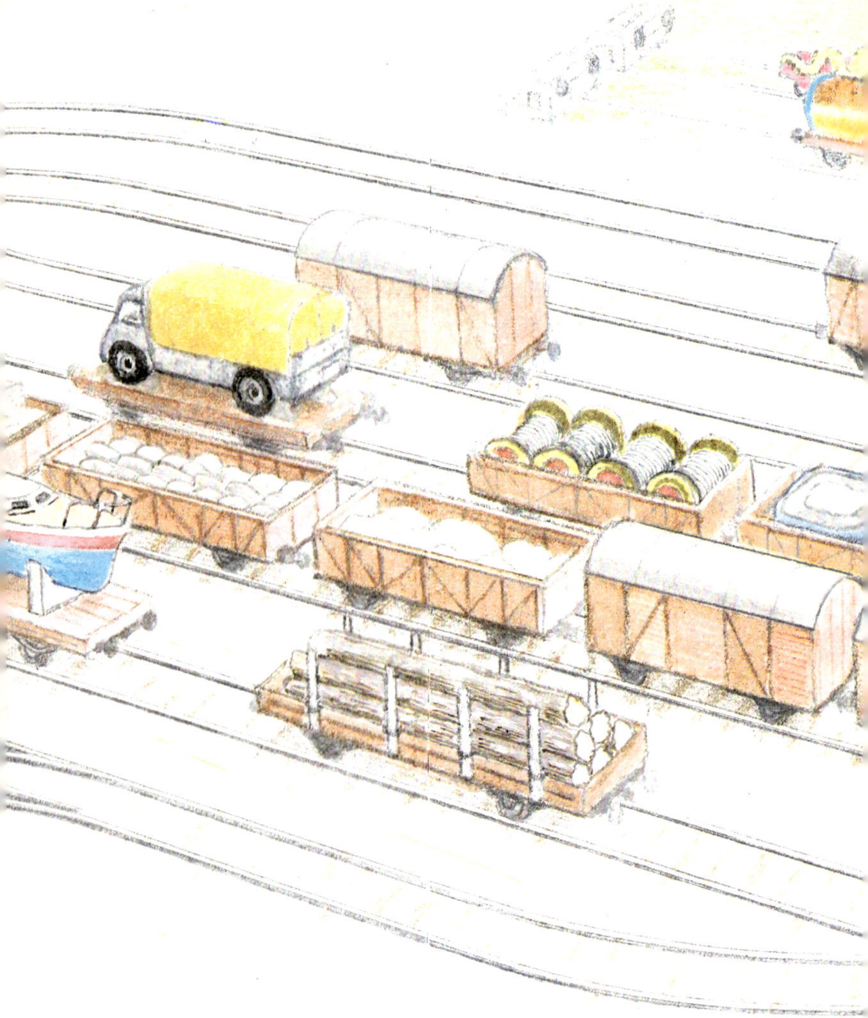

Là-bas, à l'autre bout de la gare de triage, se dessinaient d'étranges silhouettes..., je n'en croyais pas mes yeux !

Pas de doute possible, c'était bien la ménagerie du Magicien ZOOZIZUS et ses fameux wagons-animaux.

« Enfin une visite »,
a soupiré l'éléphante.
Le vieux lion était ému.
Mon cœur battait très fort
de les voir si tristes
et abandonnés.

Alors, j'ai eu
une idée folle...

... j'allais
ramener
mes nouveaux
amis
chacun
dans son pays !

J'ai d'abord téléphoné à
mon ami l'ingénieur en chef,
j'ai demandé
une semaine de vacances.
Il était vraiment très surpris
de m'entendre !
Mais il a fini par me dire oui
à condition que je sois
extrêmement prudent.

Nous avons passé toute la nuit
à graisser les essieux,
vérifier les freins
et nous atteler les uns aux autres.

Ils voulaient tous être
en tête, aussi
pour ne pas faire de jaloux,
j'ai accroché, juste
derrière moi,
un wagon-citerne
qui se trouvait là.
Fameuse idée, il était
plein de jus d'ananas !

Un vieux wagon de
marchandises m'a fait
cadeau de son chargement :
5 000 grosses piles électriques
toutes neuves, de quoi
faire tourner mon moteur
jusqu'au bout du monde.

La chance nous souriait ; fous de joie nous sommes enfin partis.

En bas d'une
descente
vertigineuse,
nous nous
sommes
arrêtés
un moment
pour
faire la sieste.

Je crois
que nous avons
beaucoup rêvé.

Devant moi
la voie devenait
périlleuse et je
devais faire attention
à chaque tournant.
Mes amis, eux, se
laissaient bercer
par la musique des
roues sur les rails,
tout en se
demandant
à quoi pouvait
bien ressembler
cet étonnant
paysage.

Déjà le Pôle Nord ?

L'ours qui jusqu'ici s'était montré renfrogné se dégela un peu. Il décida de rester chez ses cousins de la banquise. Il nous a même fait un grand geste d'adieu quand nous sommes repartis.

Plus tard
ce fut la steppe
immense
et notre jolie
jument
nous a quittés
pour une
joyeuse bande
de chevaux
en liberté !

Toujours
contents
(mais un peu
fatigués),
nous avons
continué
tout droit
notre grand
voyage.

Après avoir laissé mes derniers voyageurs dans la savane, je me retrouvai seul et un peu triste. Et pourtant je n'allais pas retourner comme ça à Paris !

Pourquoi ne pas grimper au sommet du Kilimandjaro ? De là-haut on pourrait sûrement toucher les étoiles.

Enfin je fonçais
à toute vitesse,
mais les étoiles
étaient toujours
aussi loin...

... Si loin
dans l'espace
que j'en ai
eu le mal
du pays !
Alors,
je suis revenu
sur notre
vieille terre.

A la gare tout le monde était inquiet, j'avais trois mois de retard !

On m'a examiné sur toutes les coutures, on m'a tout démonté, tout vérifié. J'étais IMPECCABLE, à part de petites égratignures d'astéroïdes sur le museau.

Aujourd'hui je ressemble
à un T.G.V. qui roule
sans histoires,
les yeux bien ouverts
sur sa belle ligne bien à lui,
la tête encore pleine
de son merveilleux voyage.

Même pour le train
le plus rapide
du monde, un voyage
d'amitié cela existe.
Alors du Nord au Sud, d'Est en Ouest
c'est toute une odyssée.

Composition réalisée par C.M.L., Montrouge
ISBN 2.253.04211.0
Dépôt légal : Avril 1987 - 4761
Imprimé en Italie
par Tipolitografia G. Canale & C. S.p.A. - Turin

42/5202/9